Felix aus Berlin

Text: Anke Feuchter
illustriert von Élodie Durand

Ich heiße Felix. Ich bin acht. Ich wohne in Berlin.
Schau: Das ist meine Stadt. Sie ist groß!

Hallo! Das ist ein Bär. Aber er ist aus Plastik.
Echte Bären sind im Zoo...

NOFRETETE

Hier bin ich im Park. Der Park heißt Tiergarten.
Hier machen wir oft ein Picknick. Ich spiele Fußball.
Das ist Tom. Er ist mein Freund.

Eis
14
Eiscafé

Hier wohne ich. Neben unserem Haus ist eine Eisdiele!
Ich esse gerne Eis. Und du?
Im Winter ist die Eisdiele zu. Schade...

nale
BER
Berlinale

Das ist meine Familie: meine Mutter, mein Vater und mein Bruder.
Papa heißt Markus, Mama heißt Nina und mein Bruder heißt Tobias.
Ich habe auch eine Katze. Sie heißt Miau!

Frühstück! Ich esse ein Brötchen mit Marmelade und trinke Kakao. Das ist lecker! Papa isst Brötchen mit Wurst. Bäh!

Ich gehe zu Fuß in die Schule oder fahre mit dem Skateboard.
Vorsicht! Die Ampel ist rot!

Oranienplatz

Schleswig
Holstein
Mechlenburg
Niedersachsen
Berlin
Sachsen
Anhalt
Westfalen
Nordrheim
Hessen
Thüringen
Franken
Baden
Schwaben
Bayern
100 km
378
x 5
378 x 5 =
973
2574 - 973 =

Mathestunde. Der Lehrer heißt Herr Schmitt.
Wir nennen ihn Herr Genau. Er sagt immer: „Genau, genau!“
Ich lerne auch Französisch. J'aime le français !

Ich bin im Eishockey-Club.
Ich trainiere dienstags und donnerstags.
Das macht Spaß! Vielleicht werde ich ein Profi!

HIP HO
Hip

Hier siehst du die East Side Gallery.
Hier sind viele Bilder auf einer Mauer. Früher war in Berlin eine große Mauer. Es gab Berlin Ost und Berlin West.
Meine Eltern sagen, das war nicht schön. Jetzt ist die Mauer weg.

DANCING TO FREEDOM
Original Berliner Currywurst
· Pommes Frites
· Kaffee

Wir mögen alle gerne Musik.
Papa spielt Gitarre. Ich singe. Miau hört zu.

doors
THE DOORS
Stunde der Stars
BEATLES

Im Sommer fahren wir ans Meer.
Ich kann gut schwimmen! Das sind tolle Ferien!

Bald ist Weihnachten! Meine Großeltern sind da!
Sie feiern Weihnachten mit uns.
Ich darf den Weihnachtsbaum schmücken!

U Alexanderplatz
U
08
U5 Ankunft

So, jetzt ist der Besuch zu Ende!
Komm bald nach Berlin!
Tschüss!

Das kleine deutsch-französische Wörterbuch von Felix

- **Guten Tag!** Bonjour !
- **Ich heiße Felix.** Je m'appelle Felix.
- **Ich bin acht.** J'ai huit ans.
- **Ich wohne in Berlin.** J'habite à Berlin.
- **Wo wohnst du?** Où habites-tu ?
- **Ich habe einen Bruder und eine Katze.** J'ai un frère et un chat.
- **Hast du Geschwister?** As-tu des frères et sœurs ?
- **Ich mag Eishockey.** J'adore le hockey sur glace.
- **Ich mache gern Picknicks.** J'aime les pique-niques.
- **Ich mag E-Gitarre.** J'aime beaucoup la guitare électrique.
- **Fährst du gern Skateboard?** Aimes-tu le skate-board ?
- **Tschüss!** Au revoir, salut !

- **die Spree**
- **die Havel**

fleuves à Berlin

- **der Berliner Bär**

l'ours de Berlin, l'emblème de la ville

- **die East Side Gallery**

bout du mur de Berlin recouvert de peintures murales

- **der Adventskranz**

couronne de branches de sapin avec quatre bougies

- **das Ampelmännchen**

bonhomme des feux de signalisation pour les piétons

- **der Fernsehturm**

tour de télévision de 368 m, le bâtiment le plus haut d'Allemagne

- **die Currywurst**

saucisse coupée en morceaux avec une sauce tomate au curry

- **das Brandenburger Tor**

immense porte de pierre avec de grandes colonnes

ISBN 978-2-916947-85-3
Édité par ABC MELODY Éditions
www.abcmelody.com

Imprimé en Turquie

Dépôt légal février 2012
Loi n°49-956 du 16 juillet 1949 sur les publications destinées à la jeunesse.
Direction artistique : Stéphane Husar - Maquette : Valentin Gall